GW00730049

AALIYAH LA VALIENTE

Empoderando a niños lidiando con la aplicación de la ley de inmigración

Por Rekha Sharma – Crawford

Ilustraciones Por QBN Studios

~ Dedicado a los hijos de las familias inmigrantes. Eres valiente. ~

Para mis padres inmigrantes, por haberme dado alas para volar.
Y a mi esposo, Michael, por ser el viento bajo mis alas.

Aaliyah vivía en una casa pequeña en un vecindario pequeño en una ciudad grande.

Ella vivía con su madre y padre.
Ellos eran una familia feliz.

Las personas del vecindario de Aaliyah eran de todas partes del mundo. Ella aprendía todo tipo de cosas de sus amigos y ella les enseñaba cosas también.

En la escuela, Aaliyah trabajaba muy duro.
Ella era una buena alumna y disfrutaba aprender.

Aaliyah notaba que algo estaba mal.

Ella lo veía en los ojos de su madre.

Lo escuchó en las voces susurradas de sus padres.
Y las palabras raras que usaban.

Aaliyah sabía que algo andaba mal. Ella estaba asustada.

Unos días después, unos hombres grandes y aterradores llegaron a la casa de Aaliyah. Gritaron y golpearon la puerta. Dijeron que eran de control de inmigración y aduanas. Seguían gritando "ICE–abran la puerta."

El único hielo que Aaliyah conocía era el que se usaba para mantener su bebida fría. Este ICE era algo diferente.

Los hombres dijeron que estaban allí para llevarse a papi.

Aaliyah lloraba mientras los hombres se iban de la casa con su padre. "¿A dónde se llevan a Papi?" ella preguntó. "No llores cariño, todo va a estar bien. Nosotros le ayudaremos" dijo mami. "Solo quiero que sepas que eres una niña valiente y que Mami y Papi te queremos."

Pero Aaliyah no comprendía. Su Mami le explicó que los hombres eran del gobierno de los Estados Unidos. "Ellos quieren hablar con Papi sobre cómo llegó a este país y el por qué". Aaliyah le pregunto a su Mami "¿Papi hizo algo malo?" "No" dijo mami. "El solo intentaba mantenernos a salvo"

Papi no regreso a casa por varios días. Aaliyah se empezó a preocupar. Trataba de escuchar mientras su madre y su abuela hablaban en voz baja. Pero Aaliyah no entendia.

Mientras los días pasaban, Aaliyah extrañaba más y más a su Papi. A veces se sentía triste. A veces se sentía enojada Y a veces se sentía asustada Aaliyah no se sentía valiente.

"Está bien sentirse preocupada", dijo Mami. "Algunos días serán buenos y algunos días serán difíciles. Pero tú, mi Aaliyah, eres una niña valiente. Superaremos esto juntas."

Un día, Aaliyah fue con su mami a un edificio de oficina. Ellas se reunieron con una señora amable llamada Mía. Mía iba ayudar a Papi a regresar a casa.

Mía era una abogada que ayudaba a personas justo como a la familia de Aaliyah. El trabajo de Mía estaba centrado en leyes de inmigración. Las leyes de migración a veces se utilizaban para ayudar a familias a permanecer juntas.

Pero a veces las leyes eran utilzadas para separar a las familias. Eso era algo aterrador.

Cada día que Papi no estaba, Aaliyah se asustaba más y
más. Pero cada día se repetía a sí misma
"Soy valiente.
Soy valiente.
Soy valiente."

Después de lo que pareció ser una eternidad, un día Mami llevo a Aaliyah a una sala muy grande en la parte superior de un edificio muy alto. "Este lugar se llama la Corte de inmigración" dijo ella. Mía estaba ahí, y también una mujer sentada por encima de todos los demás. "Ella es la jueza" Mía le explicó a Aaliyah. También estaba otro hombre allí que también era abogado, como Mía, pero el representaba al gobierno.

La jueza estaba ahí para decidir qué pasaría con Papi.

Aaliyah estaba asustada al principio. Estaba tratando de escuchar lo que decía la jueza, pero no podía entender algunas de las palabras. Pero entonces vio a Papi. Él estaba en la televisión.

Mía le hizo muchas preguntas a Papi. Le pregunto cuanto tiempo había vivido en América, y como había entrado al país. Le pregunto donde trabajaba y a que se dedicaba. Después le hizo preguntas sobre Mami y Aaliyah.

La jueza y el otro abogado también le hicieron preguntas.
"Esto está tardando mucho tiempo." Aaliyah le susurro a su
Mami.

Al final del día. Aaliyah estaba cansada. Ella estaba lista para ir a casa, pero no quería regresar a casa sin su Papi.

Mami, Mía y Aaliyah esperaron y esperaron para que la jueza decidiera sobre lo que iba a pasar.

¡Finalmente, la jueza decidió que iba a dejar a Papi regresar a casa con Aaliyah y Mami!

Aaliyah había sido Valiente. Estaba tan feliz porque su familia iba a estar junta nuevamente.

Unos días después, Aaliyah tenía unas noticias para sus padres. "Un día, yo voy a ayudar a las familias como la nuestra a quedarse juntos. Tal vez, me convierta en una abogada de inmigración como Mía, o tal vez una Jueza como la que decidió sobre el caso de Papi." Dijo Aaliyah. Papi le dijo, "cariño, tu puedes ser cualquier cosa que desees." "Porque eres una niña pequeña valiente y el mundo necesita más niñas pequeñas valientes," dijo su Mami.

CPSIA information can be obtained
at www.ICGtesting.com
Printed in the USA
LVRC090757180422
716472LV00013B/734